Il faut sauver Carotte !

ISBN 978-2-211-07894-8

Loi numéro 49 956 du 16 juillet 1949 sur les publications
destinées à la jeunesse : mars 2005
Dépôt légal : juillet 2007
Imprimé en France par Jean Lamour à Maxéville

Jean-Charles Sarrazin

Il faut sauver Carotte !

l'école des loisirs
11, rue de Sèvres, Paris 6e

C’est l’histoire d’un âne qui s’appelle Carotte.

« Carotte ne nous sert à rien », dit un jour
la femme du fermier. « Demain, c'est jour de foire.
On pourrait le vendre, il nous rapporterait sûrement de l'argent. »
« Tu as raison », répond le fermier.

Carotte a tout entendu.
Il appelle ses amis.
« Bouhouh ! Ils veulent me vendre »,
leur dit-il. « Aidez-moi !
C’est trop horrible ! »

SAUVE-TOI !
DÉGUISE-TOI !

Tout le monde réfléchit très fort.
« Je crois que j'ai une idée », dit tout à coup le coq.
« Écoutez-moi bien… »

« Vous voyez, il y a tout ce qu'il faut ! »

Le lendemain, le fermier va chercher Carotte et lui passe une corde autour du cou. Mais Carotte ne veut pas avancer.
« À cette vitesse-là, mon bon monsieur, vous n'arriverez jamais à temps pour la foire », dit quelqu'un avec des lunettes, en train de lire le journal au bord de la route.
« Vous avez raison », dit le fermier.

Pour aller plus vite, il décide
de prendre Carotte sur ses épaules.
« Ha ! Ha ! » fait quelqu'un avec une cravate rouge.
« On n'a jamais vu ça, un cavalier qui porte sa monture ! »
« Vous avez raison », dit le fermier.

Alors le fermier remet Carotte sur ses pattes et monte dessus.
Arrive quelqu'un en tenue de pêcheur.
« Mais vous allez l'épuiser, cette bête, mon bon ami !
À la foire, elle ne vaudra plus un sou. »
« Vous avez raison ! » dit le fermier.

Mais comme Carotte ne veut toujours pas avancer,
le fermier s'énerve et lui donne des coups de pied.
« Arrêtez ! » crient des passantes. « C'est une honte de frapper un pauvre animal qui ne vous a rien fait ! Vous ne savez pas, à votre âge, comment on fait avancer un âne ? On lui donne des carottes, enfin ! »
« Vous avez raison », répond le fermier.

« Vous en trouverez tout un champ par ici »,
ajoute l'une des passantes,
« c'est le premier chemin à gauche. »

Cette fois, Carotte veut bien avancer.

Le fermier est tout essoufflé.
Quelqu'un avec un très grand manteau lui dit :
« Vous allez à la foire ? Mais mon pauvre ami,
c'est trop tard. À cette heure-ci, elle est terminée ! »
« Vous avez raison », dit le fermier.

Et c'est ainsi que Carotte et le fermier
reprennent le chemin de la ferme.

Cette nuit-là, Carotte et ses amis dorment
tous ensemble et font de très beaux rêves.

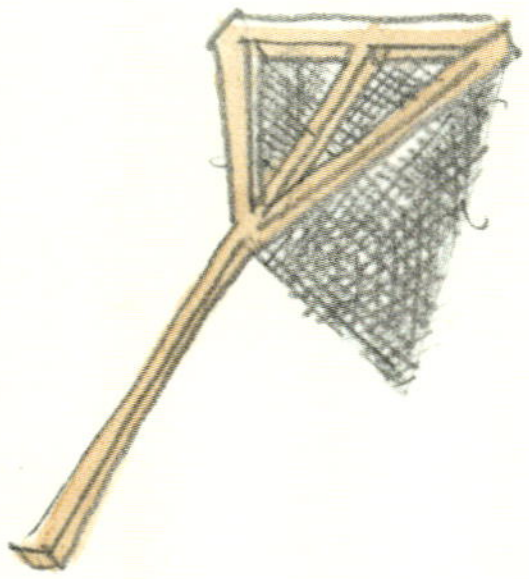